KB150716

어처구니는 나무로 만든다

# 어처구니는 나무로 만든다

■

이중기 시집

한티재

# 차 례

**제1부**

# 선언

눈 철벽 귀 철벽 입 철벽 기밀보관소가 있다

먼지 켜켜이 쌓은 입 철벽에 봉인된 죽음이 있다

그들이 죽음으로 쌓은 성채城砦 앞에서

능멸을 참은 고스란히 칠십 년 풍상 홀로 높아 제문조차 숨어 그리 핍진하게 써야 했던 벼랑의 날들

치명의 죄 지독하게 뒤집어쓴 시월은 고유명사다

가시면류관을 벗어도 좋은 근사한 시절이 왔다고 구름에게 말하지 마라

하늘 벼랑 달리던 새들이 남긴 발자국 봐라

마지막 한 오라기 남루조차 벗어던지고 시월은 절대고유명사다

# 붉은 무덤

아이고땜 풀어놓던 표정은 풍화되어 어눌해졌다

무량수의 바람 붓질이 빚은 상형문자 봐라

소똥무더기만 하게 다닥다닥 붙은 저 무덤이 수상하다

넝마로 넝마 깁듯 엇대고 덧댄, 사타구니 위에 사타구니
걸쳐놓은 붉은 아우라

저 혼숙混宿의 외설이 초본식물에 가깝다고 나는 아직
말할 수 없다

주석 없이 읽을 수 없는 죽음의 허기가 여기 있다

# 가창댐


생무덤 봉분 팔천을 한 획 수평선으로 압축해버린 곳


너무 많은 생들이 끌려와 어리둥절하다가 아차, 했던 그 자리


지아비 부르는 소리가 물안개로 피어오르는 거기


지독하다, 스무 살 아내 삼베 올 흐느낌이 아흔까지 흔드는 백만 평 적막


가끔 어떤 힘이 수면을 건드려서 밀어내는 파도소리가 닿는, 간절한 곶串이면서 만灣인

# 재건 조선공산당

6만 년이었단다
얼마나 많은 나라가 흥망을 거듭한
겁劫이었겠느냐
당원 3만이 감당했던
일제日帝 감옥살이 6만 년

전도양양했다 재건 조선공산당
인간 중심, 그 벼랑 가팔랐다

그러나 남로당 이전, 거기까지
한해살이풀,
슬픈 재건 조선공산당
원시유목시대로 가버렸다
픽, 픽, 다 스러졌다

슬픈 말발굽소리로 달려왔던 사내
조선공산당 후사後史, 이일재

# 고사리 돋는 풍경

빗소리 삼십만 평 뒤척이는 곳,
혼자 밥 먹다 말고 훌쩍였다는 아낙
단칸 움막에 누워 고사리 돋는 소리 엿들었다는

거기,

스물여섯이었다던가,
삼남매와 남편도 섞여 떼죽음 당한 자리
먹뱅이,
찾아와 나물 뜯고 화전 일구다 갔다

그 움막 재로 삭아 흔적 없는 곳
조막조막조막조막
극약처럼 아찔하게 짧은
문장들,

북산北山 고사리 황홀한 물음표
길게 읽는다

겸상으로 앉은 산 아래
독상으로 산
긴 유목의 시절, 그 여자

혼자 울어 오래 젖은 문장이다

# 시월 묘제 때였다

뚝뚝 꺾어 젓가락 다섯 만들었다
싸리나무 처마 한쪽이 기우뚱해졌다

수저 다섯 모 놓고
산사람들 늦은 저녁상 차린 종가가 저렇게 폭삭 망했다

해마다 재종조부가 몰래 인절미 몇 판 갖다놓는
골짜기에는 묵뫼들 마을이 있다

천구백사십 몇 년 총소리 길게 받아 적어놓은
먹뱅이 여기저기 상형문자 묵뫼 마을, 거기

긴 꼬리에 목도리 고운 산꿩이 불쑥불쑥 솟아오른다
한 방 총소리로 솟아 무한천공에 몸 감춰버린다

16

# 세월이야 여우 같은 것

사고무친 홀어미에 홀아비만 남았다
극과 극의 소용돌이 날들 간신히 견뎌낸
이쪽저쪽에서 홀 것들 하나씩,
딸랑 둘만 남았다

우익 분탕질 다음에 좌익 소탕 몇 번
뒤,
산동네에는 좀 늙은 홀아비와 좀 젊은 홀어미 하나

설움이야 바람에게 다 줘버렸다
원망 따위 기러기 떼에게 팔아치웠다
알몸 부동자세만 고졸했다
비린내 죄다 털어내는 육탈의 시간이었다

소가지 좁고 모퉁이 많은 세월이야 여우 같은 것
제비 몇 번 강남 갔다가 돌아오는
홀어미 사립 위에 아찔하게 걸린 금줄 봐라

# 초상

황해도 재령에서 정처 없이 털레털레 남하하다가
물집 잡힌 발바닥이 버거워 벌렁 자빠졌던 곳,
동문 삼거리 목재소 아래 도수장골 털북숭이 사내
산짐승가죽 무두질하던 밭장다리 코 센 사내
저승 가서도 잔기침 많을 쭈그렁 오마니 그리우면
거기 엉덩이 들이밀 남쪽 아내 자리 없다
시래기다발처럼 추레했으나 꼼꼼쟁이 성질머리야
초록에서 단풍까지 무두질 못한 진부한 근대

어느 날 영천극장 간판장이하고 마주 앉아
젊은 오마니 생김생김 더듬으며 소주 마셨다
눈 껌벅껌벅 간판장이 감 잡는 데 한 달
산짐승가죽 을씨년스런 작업장에서 초상화 그렸다
두 달을 그렸으나 눈빛 아니었다
석 달이 지나도 어머니 미소가 안 보이자
어이, 와 자꼬 김지미 추파만 흘리며 지랄이고
간신히 배운 영천말로 한소리 했더니
버럭 붓 꺾어 내던지고 간판장이가 가버렸다

오소리가죽 만지던 손등 터럭이 파르르 떨었다

영천극장 변사 능청 속으로 육십년대가 저물고 있었다
닷새 꼬박 찾아가 간판장이 무두질해
여섯 달 꽉 채우자 오마니 거기 나타나셨다
오마니, 오셨습네까
털북숭이 사내 절 한상 커다랗게 오래오래 올렸다
평생 제사 없이 하루 세 끼 밥상 올리며
짐승가죽 무두질해서 먹고 살았던 황해도 사내
초록에서 단풍까지 진부한 근대, 아름다웠다

# 재와 재가 만나서 불이 되었다

박성근은 퇴각하는 영천전투에서 탈영해
북으로 간 보도연맹 쌍둥이 형 박장근으로 살았다

갈대 발목 부여잡고 우는 물소리가 수척해지는 늦가을
갈 데 없는 홀몸 스무 살 형수가 가만히
몸, 받아주었다

재와 재가 만나서 불이 되었다

휘영청 산 넘어 죽장
두마,
골 깊은 화전민 초막에 솥단지 걸자
기우는 추녀 끝을 산꿩이 팽팽하게 당겨주었다

그 가시버시 아들 다섯 낳아
맏이에게 형님 제삿날 물려주었다

이 산전수전에 돌 떨어진다면 세상이 아프다

# 골로 갔다


먼 기억 창고에서 불쑥 튀어나오는 말이 있다
'골로 갔다'는 말은 이미 죽었다는 것
'골로 간다'는 너, 죽일 수도 있다는 것

꿩!
제 이름 허공에다 때기장치는 저 날것이 지켜보았을
그날,
무슨 할 말 있는 것처럼 불러내어
엉거주춤 영문 모르고 에멜무지로 따라간
수많은 골짝 골짝에서 죽임을 당한 후
골로 갔다는
말,
처처에 생겨났다


삼복에도 털목도리 감고 다니는 장끼 한 마리가
제 이름 허공에 때기장칠 때,
고요를 향한 일인 시위로 나는 읽었다

# 현종인 옹

나, 사표 쓸라네

여든 넘어 그 무슨 뚱딴지 사표라뇨?

궁민 사표!

절룩절룩, 아홉 번쯤 홀짝거려야 소주 한 잔 간신히 비
워내는 현종인 옹, 살얼음판 현대사 뒷골목만 밟았던 영감
자작나무 흰 눈썹이 꿈틀, 했다

한없이 북으로 가는 기러기이고 싶었던 주의자

시드니 아들네 가려고 국민사표 던진다는 늙은이 가만
바라보며 나는 눈썹 끝에 매달리는 물방울 하나 검지 등
으로 간신히 떠받치고 있었을 뿐이었다

# 홱, 뒤돌아보던 고라니

냅다 줄행랑치다 말고 앞발 딱 버틴 채
홱, 뒤돌아보는 고라니 눈빛에서
그렁그렁한 광채를 보는 순간이었다
참 슬픈 사회주의자,
별처럼 빛나는 문장의 월북 작가들 생각했다

짧게,
아주 잠깐 머문 자리에 써놓고 간
산머루 같은 몇 알
환약시편을 나는 읽었다

한사코 북으로 가야 했던 남녘기러기 월북 작가들,
끝없는 벼랑이었던 서울 발로 차버리고
삼팔선 넘다 말고 홱, 뒤돌아보던
어느 새벽 남쪽에서 만났을 저 고라니 눈빛
생의 마지막 문장

한국문학사의 아픈 가시, 그 서러운 문장

# 아는 놈 붙들어 매듯, 허불시

'아는 놈 붙들어 매듯'이란 말 뒤에는
'허불시'가 따라다닌다
아버지 곧잘 혀 차며 나무랄 때 하시던 말

누군가가 경찰에게 잡혀갈 때
아는 사람 누구를 점령정부 경찰이 잡아갈 때
때 되면 알아서 싸게싸게 도망치라고
오랏줄이 손목 꽉 조이지 않게
허불시, 묶어놓은 것
허리에도 흉내 삼아 오랏줄 걸어놓은 것,
손목 살짝 빼내 알아서 튀라고
보도연맹 맨 뒤에 세운 마지막 배려,
아는 놈 붙들어 매듯, 허불시

소이까리 잘못 묶어 이웃집 콩밭 난장판 되었을 때
손아귀 힘 약한 여자들 깻단 매까리가 느슨할 때

# 북녘기러기 망명정부

망한 나라 떠나 멀리 가서 망명정부 세우듯
산 넘고 물 건너 혈혈단신 남으로 온 북녘기러기들
망명고향 세웠구나

저 맷돌 어처구니 누가 빼내버렸나 했더니
경상도가 북녘기러기들 망명정부였구나
영천이 서북사람들 식민지였구나

새털구름에 비 들었겠나 싶었던 서북사람들
녓보 데림추 뻘때추니 데퉁바리들 어처구니 삼았구나
북녘기러기들이 그어놓은 붉은 선
아찔하게 넘어왔구나, 아슬아슬 넘나들었구나

서북사람들 식민지 농민이었던 나는
그 제국 신민들이 째려보던 저항시인이었던 나는

# 스물하나 아이고땜

　서둘러 천 폭 산그늘 처마 밑으로 당겨내려 캄캄 적막 성채城砦를 쌓던 시절

　꾀도배기 한민당과 남로당 흑색선전 그늘 속으로 걸어간 남편은 돌아오지 않았다

　바람은 늘 다른 방향에서 걸어왔고, 그믐에서 만월까지 마당에는 낯선 달빛이 기웃거렸다

　여든 지나 되작되작 되짚어보는 노파 극약 같은 스물하나 아이고땜

　고주박잠 걷어치우고 북극성 똑바로 바라본 스물다섯 난숙한 수밀도였다

　양귀비꽃 아홉 송이 아찔한 집 떠나 아편 씹으며 화냥노루로 살았다

# 유복자

달이 이울고 사내가 차올랐다
깊고 푸른, 설운 밤이었다

말이담배 몇 대참이 지났을까
달이 차오르자 사내가 기울었다

잠깐 다니러 온 야산대 사내가 뜨겁게 만난
스무 살 아내,

아찔한 그 벼랑에 별 하나 반짝 빛났다

# 단풍

입 틀어막으려던 손 그대로 든 채 진저리친다
뜨거운 벼락 차갑게 기억하는 피뢰침처럼

허벅지 드러낸 채 길쌈하는 방문 부숴버리고 들이민
총부리 앞에 파르르 떨던
천구백사십 몇 년 스무 살 새댁 경악이다

깃털처럼 가벼이 날아 가버린 죽음들 돌아와 깃드는
곳,
시월 나무이파리

홍진 세월 갈피마다 영결사 쓰는
저기, 또 삐라 붉다

# 아홉 살 이뿐이

1950년 9월, 화산면 당지동 주민 열네 명
총살당했다
거기,
아홉 살 정이뿐이鄭粒分도 있다

장하다
1946년 10월 농민봉기 때
아장걸음 막 벗어난 다섯 살 이뿐이
멋지다, 요인 암살에 방화 혐의

영천전투에서 탈영한 정동택 막내 동생, 이뿐이

# 벼랑

할머니, 폭삭 무너져 녹슬었군요
젊은 기억은 어느 콩밭머리에 묻으셨나요

문신 뜨듯 돗바늘 찔러 새겨놓은
불온문서 그 기억
한 모퉁이,
또 한 귀퉁이 치매가 갉아먹고 너덜너덜해졌네요

이런, 또 뭐 기다릴 게 남았나요
천망天網도 피한 놈들입니다 할머니, 제발

　산으로 간 아들 딸 한 번, 김치 가지러 온 뒤 내리 칠십
년 김장 다섯 단지 마당가에 묻는 저 맹목은 지상의 자와
저울로 측량할 수 없는 무량수입니다

# 시월도 벼리면 서정이 된다

너무 벼려 몽돌이 된 분노가 여기 있네요
모질게 다듬어야 달빛 휘영청 서정에 닿을 수 있겠지

벼릴수록 분노가 희미해지네요
만월에 휘감긴 폭포 얻으려면 그만큼은 해야겠지

유순해진 분노야 어디 써먹을 데 있나요
큰 공부 뒤에 탈난 사람이 어디 한둘이었나

별빛에 목욕하고 달빛으로 쓴 미문의 현대사가 있네요
생피 붙는 게 죄 되지 않는 시속은 이미 오래네

비유도 은유도 다 버리라던 구십년대 현종인 옹, 시월

# 사회주의자들 박물관

맨 처음 끌려갔던 종로경찰서 흑백 풍경 오롯하다

닭장차에서 내려 최루가스 털어내다가

1926년부터 거길 들락거린 영천 사람 백기호 남매와 정시명 김석천이 생각나면서

김삼룡과 이재유 같은 거물들 뒤나 밟았던 밀정들 중절모와 깃을 세운 바바리가 빛바랜 유행이 아니었고

콧수염에 베레모로 악명 높은 고등계형사 눈빛은 제국의 상징이었음을 알았다

북풍파 정우회에서 조선공산당과 신간회 시절

고문과 회유로 제국을 떠받든 경성 종로경찰서는

항일사회주의 박물관,

서대문형무소와 직통으로 이어졌던 거기

조상 산소와 제사며 병든 부모에 처자식 부양이야 한갓진 낭만에 불과했던 주의자들이 자백을 강요받거나 전향 고백도 했을

그 자리, 접이의자에 앉아

누군가로부터 연락 받고도 편히 잠들었을 내 가계나

낮에 있었던 농민대회와 자유무역협정 알리바이에 대

해 골똘하지 못하고
　1926년 가을, 열아홉 사회주의자 백신애가
　느닷없이 블라디보스토크로 떠난 이유 생각하다가
　피식, 쓴웃음 흘리고 말았지만
　그때부터 나는 식민지 영천주의자들 추적자가 되었다

# 팝콘이 튄다

미끈하게 잘 익은 다리 박차고 튀어 오른다
따끈따끈한 저 팝콘,
시월메뚜기 날개 이슬 말라 투명해지면
주린 참새들에게 돌려줄 시간이다
튀는 팝콘 냉큼, 냉큼 잡아채며 참새들 온다

팝콘이 튄다
돌아가자, 참새들 시간이다

제2부

# 슬픈 좌파

슬픈, 당신은 좌파입니까
누가 누구에게 종북이라고 말했다면
그건, 사라져야 한다는 조건이 전제되어 학살입니다
말에도 굽이 있어 말발굽 흔적을 남깁니다
산꿩이 능선 너머로 끌고 가버린 풍경 한 폭 말굽추녀
아래로 당겨봅니다
우리가 소 돼지 삼백만이나 살처분할 수 있었던 건
수많은 동족을 학살한 기억이 축적된 까닭일지도 모르
는 일입니다
오래, 저물녘 발잔등 굽어보지 않았다는 것이겠지요
서북청년단은 얼마나 슬픈 몸의 이데올로그였나요
슬픈, 나는 좌파입니다

# 이층 적산가옥 그 여자

이층 적산가옥 깨진 창으로 밖을 내다보던 여자
스란치마 아래로 드러나던 발등이 참 환했던 여자

아이들이 가끔 창문으로 돌 던져 올릴 때,
곡물상이면서 고리대금업자였던 이노우에 카오루
수염 무성해서 패전 조국으로 돌아가고
해방조국 이층 적산가옥에 홀로 남은 그 여자

해방구 두 차례 난리벅구통에도
영천사내들 그 집 대문에 발길질 한 번 하지 않았던
빚쟁이 애비 만주 가며 팔아치운 열일곱 소작농의 딸,
실오라기 하나 안 걸치고 뛰어내렸다

북에서 온 알몸 짐승이 성난 수컷 움켜쥐고
이층 창가에서 독이 뚝뚝 듣는 쌍욕 팽, 날리던 날

장차 제주도 가서 아귀지옥을 건설할 놈

# 나는 왼쪽 영천에 산다

자칫 등 뒤에서 칼 맞을 수 있다는 것, 잊지 말게
아직은 그 집안 사람들 다 죽지 않았거든

시월항쟁 영천을 시집으로 묶은 그해 가을 저물녘,
굽은 골목길에 쓰윽 나타난
식민지 영천경찰서 고등계 주임처럼 경고해주던
그는 이승만이 세운 나라 서정시인이었고
이를테면 나는 영천이 흔쾌히 동의한 암묵이었다는
함구령,
그 가시 빼내 던진 배신자였던 것
그는 시월이 어떻게 시가 될 수 있느냐고
노래해서 안 되는 야만의 폭동이라고 말했다
우린 오래 영천에 살고 있었지만
그는 왼쪽이 단죄해버린 오른쪽 영천에 살았고
나는 오른쪽이 증오하는 왼쪽 영천에 살고 있었다

아직 못 가본 이승만이 세운 나라는 어딘가

## 장엄한 남루

저 남루라면 차라리 장엄이다

경림산 지나 어느 굽이 비탈밭에서 만난 사내
키 작은 여자와 감자 캐던 벙어리 사내
듣기로는 벼락부대 새끼였다는
절룩절룩, 그 사내
태어나자마자 어미가 때기장쳤다는
벼락부대 서러운 새끼

가슴패기며 등 뒤로 구멍 숭숭숭숭 뚫린 메리야스
총탄 자국인가
오래 안 삶아 누런 난닝구,
백만 마리쯤 달려들어 난도질을 해버린
좀 친 흔적,

발칸 반도 같다

# 아수라도 평전

한강다리 폭파쯤이야 뭐 놀랄 일인가
전쟁 이틀 뒤,
6만 명 망명정부 야마구치현에 세우려고 일본에 제안했
다가 거절당하자
통비분자로 엮어 수십만 죽임을 기획하고
제 발등 한번 내려다보지 않고 백만쯤 학살해버린 자
콩깍지 태워 콩 삶아버린 자
임시정부 대통령에서 파면당한 자
민중이 천망天網이란 거 아예 몰랐던 자

이 한 폭 아수라도阿修羅圖가 그 사람 평전이다

이파리 없이 홀로 환한 더러운 목련꽃권력이 나라에 또
있었다

# 그 죽음이 말했다

태풍 루사가 지나간 냇가에서 한 사내 만났다
억새뿌리 꽉 움켜쥐고 있던 두개골 하나

방아쇠 당긴 것들이 주검은 골에다 버리고 가더이다
맹지가 된 죽음 위로 장대비 퍼붓더이다
총탄자국 파고드는 물화살 수만 발 아찔하더이다
말발굽소리 같은 빗소리 문상 한 열흘 받았더이다
비 그치고 낙엽 위에 먼지 쟁인 평토장 속으로 억새뿌리
쾌지나칭칭 휘감더이다
야생마 낚아챈 올가미처럼 팽팽하더이다

마른수숫대 그늘에서 울던 조강지처 후살이는 편하더
이까

# 의심, 또 빼곡하게 덮어버린다

호명소리가 뒤통수에 얼음장 촤 깔아버린 뒤
게워낸 국숫발 같은 오라 속으로 그들은 불려갔다

먼저 개머리판에 짓이겨져 혼은 쫓겨 가고
몸만 남아 두 눈 멀겋게 흙 받던
경악,
생무덤 위로 그것들은 온다

칡넝쿨 족속들 그쪽으로 슬금슬금 내려와
완전무결로 덮어놓는다
의심마저 또 빼곡하게 덮어버린다
거기, 또 저기

겨울이면 나뭇단 묶을 칡, 오랏줄 구하던 아버지

# 남조선노동당 생각


남쪽 버리고 삼팔선 넘으며 박헌영이 관 속으로 처넣어 버린 재건 조선공산당


그 후 꾀도배기 한민당 짝패 남로당 전성시대 지리멸렬 이어졌다


말 안팎에 숨긴 덫도 올가미도 없이 격렬한 언사로 나는 쓴다


남로당은 시월항쟁 실패 위에 세운 망명정부였던 것


박헌영제국 식민지이기도 했던 것


민주노동당 버리고 통합진보당으로 갈 때 나는 문득 그 생각했다

# 어처구니없는 징검다리

장맛비 쏟아지는 황토마당이었습니다
손잡이 죄 빼내버린 맷돌이 징검징검 놓여 있었고
어처구니없는 그 징검다리 오래 굽어보았습니다

넓은 그늘 좁게 썼던 좀생이 지주
보리공출 실적에 치사한 생 다 걸었던 영천군수
탄핵정국 늙은 철부지 태극망토 전사들
어처구니에 불붙여 활활 태우던 풍경 한 폭이
내 생의 서쪽에 걸려 있었습니다

어처구니없는 맷돌 밟고 황토마당 가로질러 오라고
쥔장이 처마 밑에서 손짓했지만
그 맷돌 징검다리 징검징검 건너가지 못했습니다

# 죽음이 말 걸어오네요


한 죽음이 지분지분 걸어옵니다
뼈로 만든 피리소리로 죽음 여럿이 말 걸어옵니다


그들이 방아쇠 당기자 삐라가 날렸어요
죽음은 외설 음화淫畵였어요
불온문서였어요
그들이 왜 방아쇠를 가져야 했나요
방아쇠 지나간 자리마다 송이송이 떨어져 누운
천 송이 만 송이 구절초 또 일만 송이……
그 죽음 누가 기획했나요
무릎 접고 엎어진 죽음이 어찌 왜곡되나요
죽음의 이유가 자꾸 덧칠되네요


비거스렁이 때 북산 너덜겅에서 말 걸어오던
한 죽음이 자꾸 발목 잡았습니다
앞니 다 빠진 죽음은 발음이 흐릿합니다

# 다시 적는 노래

말 걸면 만산홍엽 처녀 볼처럼 낯가림이 심한 마을
오래 죄밑이 되어 말 걸지 못한
시월노래 하나 여기 또 간신히 남았습니다

시집 와서 겨우 열여드레 만이었다고 했습니다
지서 앞에 몰려간 죄로 남편은 끌려가고
벼락부대가 유린해버린 몸이라 쫓겨나
젖은 메아리만 웅성웅성 모여 사는
외진 골 그늘 넓은 천봉답농사 모를 내다가
초막에서 받은 새끼 어미는 돌보지 않았답니다
그 아이 죽자 먼 골에 갖다버리고
낫 묻어 불끈 세운
봉분에 맹서하니 억새 시퍼랬습니다
천둥지기에 금빛물결 찰랑찰랑 일으키다가
낫 묻은 무덤가 소나무에 올라 새끼줄 걸어놓고
거기, 풍덩 별건곤으로 뛰어들었습니다
동네 사람들이 낫 한 자루 허공으로 던져 올렸더니
오래오래 그믐이 이어졌습니다

초막 앞 칡넝쿨 빨랫줄에는 산사람 옷 한 벌,
아주 오래 그 자리에서 펄럭거렸습니다

몇 년 전 불타버린 노래 하나 간신히 더듬어봅니다

# 저 누추한 낭만식객

풍자 가득한 해방정국 뒷골목 서성이다가
골칫거리 저 남루, 쌀이 지상 최고가치였다는 사실에
입술 묘하게 비틀어 웃으며
풍자도 낭만도 사라진 세상으로 돌아왔는데

먼 나라 아프리카 아이들이 굶는다고
각설이 안성기가 구걸하러 왔다
어눌한 말과 그늘이 살짝 깃든 각설이타령에 주눅 들어
유니세프가 통장 속으로 드나들게 했던 그날,

눈길을 걸어온 또 다른 식객 하나
키 낮은 헛간 무시래기다발로 배를 채우는 자정 무렵
나는 아궁이에 생나무장작 몇 개 밀어 넣고
팬티바람으로 한 상 걸게 차려먹었다

어수룩한 야산대 후예 고라니는 헛간에 놓아두고
각설이타령 잘 하는 안성기는 윗목에 앉혀놓고

# 그랬을 것이다

풍경 한 자락이 소스라치다 딱 멈췄다
여자는 한 점 실오라기마저 벗어던진 몸이었다
알몸 위로 햇살 찬란하게 쏟아졌다
눈가리개 거부하자
열두 자루 총구가 불을 뿜었다
외설 마타하리전傳 마지막 장면이다
선율이 없는 악보로 암호 삼았다는 여자 스파이,
알몸 무희 날것 관능에 저격수가 격발 순간을 놓쳤을
일차 대전 어느 시월 파리 교외 사형장

통비분자로 분류된 양민들이 끌려나와
나무기둥에 묶인 전쟁 그해 유월 즉결처형장
눈가리개 없이 저격수들 총알 죄다 몸으로 받았던

그때, 그 사형장에서
태양을 향해 방아쇠 당겨버린 저격수는 있었을 것이다

# 다시, 황보집

그 양반에 대한 호오好惡야 내 말할 바 아니네만
총살이니 월북이니 아주 숨어버렸다느니
온갖 말들이 돌아다녀도
사진 한 장 안 남겨 완벽하게 잠수한 줄 알았더니
노루꼬리도 밟히는 모양이지, 흔적을 남겼더군
꾀도배기 그 양반, 서울로 튀었어
남로당중앙상임위원회 연락책으로 있다가
전쟁 그해 삼월 서울에서 잡혔다는 증언이 있더군
경성트로이카였던 김삼룡 총책이 검거되자마자
팔공산부대 두 개 소대쯤 서울로 불러 올려 써먹으려고
팔공산과 연락선 가진 황보집을 만나려고
원효로 비상선으로 갔던 사람이 있었어
박갑동이라고, 박헌영 부하 안테나에 걸린 소식은
그 무렵 황보집도 경찰에 끌려 갔다는 거였어

그게 다야, 영천 사람들에게야 은산철벽이었겠지만
남로당에선 다만 그냥 티끌이었어, 그 사람

# 동네 몸뚱이 고수만

태어나기는 그늘 넓은 천둥지기 아래 초막이었으나
아장걸음 벗어나자 동네 아낙들 치맛자락 밑에서 자라
공동우물 두레박처럼 부려먹었다
늙은 할미가 그랬고 막 시집온 색시도 불러 세웠다
게으른 남편들이 놓친 자잘한 일 다 해주며
구장 마누라와 몰래 만나던 고수만,
일제 순사보다 눈초리가 고약해진 중늙은이 구장이
보도연맹 일로 지서에 불려가는 날이면
처마 아래 빨랫줄에 무명자락 휘영청 걸린다
이때, 초점 없던 고수만 눈빛이 되살아난다
아랫말에서 그랬듯이 윗말 과수들도 두루 품었던
고수만, 동네 몸뚱이 고수만
줄 끊어진 거문고처럼 텅, 아예 벙어리였다
뱃고동소리 없이 버려진 항구였다
어슬렁거리는 개 한 마리 없는 그 항구로
남로당 조무래기들이 거룻배 타고 몰래 들락거렸다
동네 아낙들 다 알았으나 저마다 모른 체했다

# 그렇게 빨갱이증은 발급되었다


말에도 굽이 있다, 말의 굽에는 더러운 옛날이 있다

어딜 빤히 쳐다봐, 따라와
왜 내 눈은 피하고 지랄이야, 조사 좀 해보자구
너 이 새끼, 앞으로 조심하라우, 알간?
이 쫑이 네 목숨 보장할 거야, 넌 살았어

삶은 돼지머리처럼 묘하게 웃으며 내지른
말굽에 냅다 차여
속속,
국민보도연맹 구렁으로 굴러 떨어진 사람들

뜬구름 불러 시대를 경영하던 궤변정국 말굽이 아프다

# 묻는다

굳이 수평저울까지 들이댈 필요야 없겠지만
저 죽음이 구성되기 위해선 이유가 있어야 한다
저 죽음이 웬 죽음이냐
너희는 수많은 방아쇠 가지고도 떼로 몰려다녔다
털 깎을 양들이 필요한 양치기가 불러들인
늑대로부터 양들을 지켜야 할 너희가
아들딸들에게서 아버지를 들어내고
지어미에게 지아비를 들어내고
어머니들에게 아들들을 들어내버린
저기 불타는 마을의 죽음이 웬 죽음이냐
손가락으로 가만히 방아쇠 당겨 또 무수히 죽인
저 죽음이 구성된 이유 어느 나뭇가지에 걸어두었나

듣기는 해도 본 적 없어 말 못 한다는 너희들

# 구제역 몽환

옛날 미제군용트럭이 섰던 자리마다 역이 섰다
보도연맹 집요하게 노린 저격수처럼
국가가 치밀하고 악착같이 삼백만 마리
소 돼지 살처분하고 세운 구제역

거기, 트레블링카로 떠나는 환상열차가 있다
주의 깊은 궤적을 밟아간 산모롱이
억새밭 적막 어디쯤에서 듣는 기묘한 환청 속으로
등 뒤만 겨누는 살수보다 잽싸게 어둠이 오고
주의 깊은 풍경이 휘파람새 시켜 암호 물어오거든
마음으로만 억새꽃 뒷문 지그시 밀어라
거기, 우총牛塚이 있는 자리
트레블링카 행 환상열차가 막 떠나고 있다

도저한 저녁놀 오로라가 탄주하는 억새꽃다발 아래
얼핏얼핏, 수많은 시월 뒤통수도 보일 것이다

# 그 익살쟁이 만담꾼

오만 석 지주 풍류야 천하일품이었지
금도금한 창고에 별빛 수백 가마니 쟁여놓았지
상현에 하현에 만월까지 달빛도 그만큼이나 쌓았지
귀뚜라미 울음소린들 몇백 가마 왜 없었겠으며
냉동시킨 북풍한설도 그만큼은 쟁였겠지
긴긴 장마에 지치면 달빛 차례로 처마에 내걸다
달빛이 지겨우면 별빛 한 가마니 내다걸었어
삼복 내내 대청마루에 북풍한설 풀었고
자작나무 울타리에 은하수가 광목처럼 걸리는
겨우내 귀뚜라미울음 섬돌 아래 깔아놓았던
그 오만 석 풍류 인민위원회 놈들이 불태워버렸지
해방이었으나 나라 없던 소화 21년
북풍한설 으뜸으로 몰아친 그해 시월이었어

영천이야기박물관 만담꾼 몇 달째 두문불출이다
걸핏하면 소화 몇 년으로 시작해 신명내던
영천이야기박물관 조규채 옹 낄낄낄낄
중정 근무하다 신군부에게 쫓겨난 조규채 옹 낄낄낄

# 지옥선 한 척

나를 소환하라!

폐쇄된 코발트광산에서 수습한 시산屍山을 싣고
결빙항구에 포박된 컨테이너 지옥선 한 척,
저 옹고집 일인 시위
정처 없다

허구한 날 갈 곳 몰라 우두커니 서 있는
컨테이너 지옥선 근처에서
지친 몸 한 며칠 쉬었다 가던 늙은 기러기 떼가
끼룩, 한 소리 한다

저 놈의 배, 기름이 떨어졌나?

# 똑같다, 해방정국이나 탄핵정국이나

배운 지식, 서푼짜리 상식으로도 못 써먹는 치들이
중구난방 벼룩 떼 몰고 나와
궤변제조기 좌판으로 사람들 불러 모은다
지게작대기 던지고 공장으로 달려간 칠십년대 청년들
싸가지 없는 한국적민주주의 신민들이 몰려나와
블랙 코미디와 신파극 신명났다
천지분간 못하는 태극망토 청맹과니 걸짜들
어처구니 죄다 빼낸 맷돌 짊어지고 와
홍진세상 만들어 자빠진 박통 신화 복원하던 날,

칼바람 수천 필 걸어놓은 팔공산 동쪽
처마 낮은 집에서 흘러나오는 소리 들었다
삼신할머니 같은 호호백발 난쟁이 노파가 툭, 던진
먼 우레

얘들아, 어처구니는 나무로 만든단다

# 쥐포수

젊어 도망 상행열차 탔다 압록강 건넜다
만주, 되놈 머슴밖에 할 일 없었다
비적과 마적들에게 시달리다
풍문으로 들었다 간신히 하행열차 탔다

영천역에 내리자 귀밑머리 희끗했다
인민위원회가 있었다 거기 꽁무니에 묻혔다
영천이 터지자 완장 찼다
채신머리없이 톡톡 튀다가 방방 뜨다가
슬그머니 대열에서 빠져나왔다

유정숲 움막에서 비역질이나 하던
징용패거리 거느리고 부잣집 몽땅 털었다
멀리 갔다가 돌아왔더니
딴딴했던 어깨 폭 꺼져 체수 몽땅해졌다

말이담배 물고 살던 역전 마부 좀생이 쥐포수

제3부

# 1949년 6월 26일

화약 냄새 진한 미제 권총 소리 한방에 파란만장 수레바퀴 한 짝 떨어져 나갔다

입 딱 벌린 흰옷 무리 백만 쾌, 경악이 무시무시했다

뜬구름 불러 나라를 경영하던 궤변정국 밤하늘에 별 하나 유독 밝았다

# 네발걸음 짐승의 역사

지아비 주검 찾아 길나선 백만 근, 발걸음이 있었다

가서 끝내 못 찾고 절룩절룩 돌아와야 했던 절뚝발이 역사가 있었다

형무소에서 사라진 아들 찾아 천의 골짜기 헤매고 다닌 네발걸음 아낙들

애가 단 잔등에는 콩이 튀고 잔망스런 총소리 전선이 남하하는데

동쪽 팔공산 아흔아홉 가랑이 속속 네발짐승이었다

빈손으로 돌아와 그 이름 앞산 꼭대기로 내던지며 어홍, 어홍 범처럼 울었다

어느 날에는 야산대 담뱃불 한 점이 깜박, 통곡 속으로 왔다가갔다

한국문학사 백년, 이 장엄한 죽음의 문체 아직 없다

# 누구도 묻지 않았다

하늘 열린 이래
제 발로 걸어가 의병 되어 나라 구했으나
믿고 기댈 언덕 아예 아니었기에
환호했던 뜨거운 혁명가

불세출의 그 이름 허공이었다
미군정 경찰에 체포되어 서대문형무소 가서
탄압 받는 희생양 끝내 거부해버리고
또 몰래 멀리 가 야전사령관에 책사노릇까지 한
다 저문 남로당 고래심줄 박헌영

설핏설핏 구린내를 풍긴
관 속에 누워 북으로 갔다는 풍문이야
뒷시비 많은 경외성서經外聖書였을뿐
감히 누구 하나 묻지 못했다

그 많은 죽음에 대한 이유로 괴로운 적 있었던가

# 동봉 봐라

게릴라처럼 기슭에서부터 스멀스멀 기어오르는
저 수직 벼랑 초록은 만필漫筆이 아니다
사방, 수만의 능선들이 한사코 완강하게 떠밀어 올리는
추앙이다
팔공산 만학천봉萬壑千峰 가운데
동봉東峯 봐라
한 치 하자가 없는 완벽한 옹립이다
한 발,
어디 비켜 설 여지가 없다
지리산 신화 이현상李鉉相이 저랬을 것이다

빨치산들이 어찌 저 주봉 버릴 수 있었겠는가

# 김구봉

1949년 12월 8일 『남조선민보』 광고 하나,
정리하면 이렇다

본적, 경북 영천군 화북면 자천리
김재선金在善
31세
열아홉에 일본 가서 노무자 생활하다
해방되자 귀국했다 함
아비가 만주에서 발 묶인 사이
함안조씨 문중으로 출입,
마산 산다는 풍설 듣고 찾아왔으니
연락 다오,
꼭

남조선민보 구마산 보급소 내
아비,
김구봉金九鳳

깔방니만 품고 사는 떡무거리 신세 낭인 김구봉

그 아편쟁이 구마산 어느 여인숙에서 자반뒤집기하고
있을 때,

아들 재선은 영천 보현산 비트에서 산줄기 팽팽하게 잡
아당겨보고 있었다

# 곽끝자 할매 생전에 했던 말

어매아배 사라지자 완전무결로 주렸지요
없는 보리 내놓으라고 오복조르듯 볶는 경찰이나
쌀 타령 말고 고기도 좀 먹으라던
뚱딴지 점령군장관 지켜보다가
기아飢餓시위 벌이다가 시신 시위 벌이다가
이 썩을 놈들아 왜놈만도 못한 것들아
한판, 뒤집어엎어버린 농민조합에 조선공산당
점령정부 놈들이야 해산시켰거나 말거나
뭉쳐 있던 인민위원회

그들이 남쪽을 경영할까 두려웠겠지요
태우[焚書]고 파묻[坑儒]었지요
신화가 될까 밀봉해버린 시월은 그냥 통속일 뿐인데
대대代代 애옥살이 손손孫孫이라요

나달나달 더러워진 시월, 정명正名해야지요
백비白碑 하난 세워야지요
나, 갈대라도 엮어 절 한 채 지을래요

거기에 단청 올리고
일구월심 그 이름 길게 불러 휘영청 걸어둘래요
서리서리 풀어낸 오라 저 하늘에 걸어둘래요

보소,
이 말, 내 입으로 뱉었다고는 하지 마소

# 백골부대 작전이란 것이

철모에 해골바가지 큼지막하게 박아 넣어
아예 백골부대로 불렸던
서북청년단 후신 호림부대 신녕분대가 왔다
오자마자 냉큼 징발해 숙영지 삼은 화성여인숙에서
약탈한 돼지 총알로 멱따 잔치판 벌인 뒤
신녕분대 반도소탕작전 요란하게 시작되었다

날 새자 대한청년단에서 지목해주는
모양새 괜찮은 집집이 찾아갔다
너 빨갱이 맞지, 당장 조사받으러 가자우
알간?
대뜸 날벼락 쳐서 포승으로 엮어가다
두 사람,
볼거리 삼아 장터거리에서 사살해버리고
화성여인숙 인질작전은 시작되었다

잡혀온 사람들 사나흘 면회 금지시킨 후
대한청년단이 돌아다니며 입방정 떨게 해서

돈뭉치에 금붙이 들고 가야 풀어주는 짓거리
석 달,
반도소탕 백전백승이었다
백골부대가 노획한 전리품 찬란했는데
철수 명령 이틀 전, 분대원 하나 복상사로 뒈졌다
서북청년단으로 왔다가 호림부대로 다시 온 놈
키 큰데 인물까지 좋았던 김동식

백골부대 월궁요정전투에서 아군 사망 하나,
옥에 티였다

# 기획된 죽음

인민군이 읍내까지 점령한 그해 9월이었다
영천전투 전후로 월북자 303명 있었다고 말하자
그중 103명은 이름이 지워져 있다고 전하자
실종도 행방불명도 아닌 월북자란 말,
가만가만 되씹으며 두꺼비처럼 앉아 있던
군청 공무원이었던 한실 어른 입술 묘하게 비틀며
끄응, 신음 한번 토하더니

발치마다 채는 피난민들로 갈 길이 빤했고
오십 리 남쪽 경주 인근 피난살이
열흘도 못 채우고 치만 떨다 왔는데
담살이 주제들이 무슨 평양감사 바라 북으로 가겠나
더는 물러설 수 없는 지경이라 전쟁 엄청 치열해
이쪽저쪽에서 많이도 죽었지
그 와중에 자리도 못 지킨 공무원들이
무슨 용빼는 재주로 그 판에 월북자를 가려내?
또 어떤 놈 얍삽한 수작이었던 게지
앞잡이 경찰 놈들이 골로 보낸 누구누구들이겠지

헌병이나 경찰이 기어이 갋아버린 장삼이사들
그 이름들 아님 뭣꼬?

군청에서 만들었다고 믿기 차마 어려운
월북자, 영천 사람 303명
얍삽한 속내 얼핏얼핏 보이는 기획된 죽음이었을

# 정월사변

일사후퇴 때 동해안 쪽으로 밀고 내려왔다가
퇴로 끊어져 흩어진 패잔병들로 규합한
잡동사니 게릴라,
흥해에서 운주산 거쳐 자천리로 오는 동안
싱겁게 끝난 국군과 교전 몇 차례,
냅다 퍼붓고 달아나는 미군 공습도 뚫고 나와
경찰과 마을자치대가 방어하는 저지선
사흘 만에 무너트린 때였다
마을 사람 마흔일곱 숨어 있던 방공호 안으로
수류탄 두 발 돌돌돌 굴러가버린 뒤

수십 명이 산 넘어 지휘부로 끌려갔다
까르르 웃는 갈래머리 여학생도 드문드문 섞인
용계리 회나무 아래 인민재판에서
늙은 면장과 공민학교 젊은 교사 말고도
손이 고운 열한 명이 죽창을 정면에서 받았다
손바닥에 굳은살 박인 여자들
어깨에 짐 진 자국 선명한 남자들만

면죄부 받고 마을로 돌아오기는 했으나
쌀 듬뿍 보리쌀 또 듬뿍 집집이 거둬서 맞바꿨다
학생복 차림이 지휘한 게릴라 인질극 끝난 후

일러 마을에서는 정월사변이라 전한다
젯밥 예순 그릇 짓는 연기 분주한 아이고땜 자천리

# 그 사이에 다 들었다


어느 콩 타작마당에 엎어졌다 일어났는지
얼금뱅이 주제에 또 근본 없는 머슴살이 깜냥에
거드름완장 꿰차고 대장 노릇했다지
삼백 석지기 울 아배 구휼미 내놓은 적이야 없어도
그놈들에게 매타작 당할 이유 아예 없었건만
큰언니가 곱다시 걸려들고 말았지
자네 시아비란 그 짐승이 장본인이었다네
어찌어찌 울 아배 뒷전으로 빼돌리며 언닐 원했어
자네 시어미 명색이 소학교 졸업장 반듯했는데
우얄끼고, 감당하면 다섯 식구가 살아남으니……
어디 낯선 데서 울 아비 장독 풀어낼 때,
응원경찰이 달려온 그 무렵이었다지
대구 빨갱이 놈들이 타고 왔던 도락구 몰아
자네 시아비가 울 언니 태워 부산으로 내뺐고
끌려간 울 언니 앞니 꼭 물고 대들 만큼 정신이 들자
남자 꼬락서니, 시장스러웠겠지
그러나 아이고 우야겠노
뱃속에는 이질이 덜렁 들앉았다니 우야겠노

그 마당에 우야노, 살아야지
조방 앞에 터 잡은 처음에야 애틋했다지만
슬금슬금 나다니며 부산 지리 익히더니
도락구 몰고 나간 뒤로 영영 소식 없더란다
휴전 뒤에 전보 받고 달려간 큰오라배가
자네 남편 데리고 온 사연이야 나도 들어 안다만
울 언니 생사는 오라배가 입 아예 봉해 이모도 몰라
조카는 김 씬데, 어디 김 씬지 몰라
그게 다야, 이질이 세상 뜨자 내 입이 떨어지네

화장장 불구덩이로 들어간 남편이 돌아올 그 사이에

# 노루목댁

딱 한 걸음 빨라 죽음에 든 사람이 있고
한 걸음이 늦어 삶이 환해졌거나 어두워진 사람도 있다
간발의 차이가 찰나면서 겁劫이다

쇠무릎지기 캐러 갔다가 삽작문 밀고 들어설 때
앞산에서 달려온 총소리에 놀란
벼락부대가 뒷담 넘어 줄행랑 친 뒤에
널브러진 가족들 주검 앞에서 혼을 놓았던 아낙,
천길 벼랑으로 수만 번 뛰어내리다가
절 수백 채 지었다 허물어버린 노루목댁

먼저 지아비 잃은 친정 먼 일가 아이 어멈
어찌어찌 구위삶아 개가시키고
돌쟁이 하나 등에 업자
장독 위 찬물 사발 따위 아예 몰랐다
시래깃국 팔다가 고디국 팔다가
소머리국밥 팔다가
칠순잔치 며칠 두고 잠자듯이 가버렸다

읍내 길가에 삼층 건물이 우뚝했다

놀라워하지 마라
그 아들놈 어찌어찌 죽은 애비 무덤 찾아버렸다

# 솟을지붕 폐허

육백 호나 되었다는 화북면 소재지 자천리 천석꾼
정 진사 옛집,
솟을대문 육중한 문짝이야 일찌감치 염매시장 어물전
돔배기 상인들이 박살내버린 뒤
불탄 디근 자 본채 주춧돌도 사라진 채
뺄쭘하게 남은 솟을지붕이 행랑채만 거느리고 맹랑한
표정이다

훗날 제헌국회의원으로 화려하게 돌아온
대한독립촉성국민회 영천지부장이던 아들 정도영이
사촌동생 불러 청년단장 임명장 주자
백부 정 진사에게게 인사하러 가던 조카 정기환은 고
개 넘다가 암살당했다
칠십 년,
솟을대문 한 번 닫힌 적 없는 옛 터에 서면
오래 은성했던 이 집안으로 인해 얽힌 죽음들이야
켜켜이 쌓여 방대했으나
불탄 집 그을음 담장에 기대 더듬더듬 적기가 더듬거리

던 아이들 다 사라지고
　어느 누구도 기록하지 않아 구전조차 끊어졌다


　모퉁이 험하던 칠십년 분노도 풍화되어
　솟을지붕 폐허 바라보는 눈초리에도 힘이 죽었다
　마을에서는 해마다 옛 터에 허수아비 모셔놓고 양밥을
하는
　정월대보름 이른 아침,
　뒷산 능선도 서둘러 앞산 능선 여기저기로 새 몇 마리
날려 기별을 한다

# 별곡마을에 와서

감히 인공人共 깃발 펄펄 드높이 걸렸던 곳
잘난 공산주의자
황보집 제국

한 시절 백스물다섯 가구 은성했던 황보 가문
구전리,
멸문滅門의 별곡마을
내력 알려주는 표지판 하나 없다

붉은 함성 와자하게 내건 감나무에 회오리바람 감긴다

홍시 마구 떨어져 내린다 무죄 선언이다
붉디붉은 저 파란,
황보 가문이 함성 던져 올렸던 그 외침이다

떨어진 감에게 경배하고 돌아 나오며
마을 어귀에 세울 안내판 문구 쓰다가 말았다

# 조선의용대 사진을 보면

봐라, 무한삼진武漢三鎭 함락 후 중국 대륙에 솟은
조선 능선들 봐라

능선과 능선이 어깨 기대고 각근하다
태백준령 뒤 백두준령 빼곡하다
무한삼진 무너지고 부역자 대열 길게 늘어선
망한 조선
말도 망한 나라

나달나달 닳은 말발굽소리
푸른 말발굽소리로 갈아주는 조선 사내들

그 사내들 살아 남북으로 흩어졌다가
남북전쟁 피의능선에서 대치한 더러운 슬픔 있었다

# 세상이 다 알고 있다


재종조부 악다구니가 마당을 쩡쩡 울렸다


그래 오냐, 이승만이 그랬다고 치자
그럼 그거는 우얄래?
빨간 완장,
좁쌀껍데기만도 못한 완장이 무슨 벼슬이라고
유세부린 남로당 조무래기 작대기패
그 패악질 다 우짤래
니가 나서서 그것도 다 밝힐래?


밝히기는 뭘 밝혀, 세상이 훤히 아는 일인데

# 두 이야기

    한여름 땡볕마당에 동전 한 가마니 흩뿌려놓고 그걸 주워 모으라는 거야 땀은 비 오듯 쏟아지는데 허허, 그 넓은 마당 청소하느라 해동갑하고 말았지

    그렇게 천박하게 세상을 살아내신 분 아니었다네 어디 그딴 엽전 뿌려놓고 자식을 훈육했겠어 그게 다 선친 험구하던 무리들이 지어낸 말이야

    땡전 한 푼 없는 영천 사람 열에 아홉이 무논바닥에 엎드려 지심 맬 때
    동전 한 가마니 흩어진 마당 청소하며 생을 배웠다는
    일제강점기 법학도 가죽풍구 막내아들 이야기
    그걸 반박하는 일제강점기 경제학도 맏아들 이야기
    오만 석 지주 가죽풍구 두 아들 이야기

# 먹뱅이 석녀보살

발등 까맣게 탄 먹뱅이 석녀보살,
너무 많은 어휘를 몸에 휘감아 말이 짧았던
한 여인이 남긴 자취가 붉고 처연하다

영천경찰서 오만 잡놈들에게 조리돌림 당할 때
홀아비 경찰 하나 눈 번쩍 뜨고 빼돌린 여자
마당 깊은 집에 숨어 온몸 휘감은 상처 걷어내자
대문 밖 세상으로 걸어갈 수 없었던 여자
적산가옥 후살이가 편했던 죄만한 여자
영천전투 때 경찰 세상 떠나자
목재소와 성냥공장 주인영감 따라 갔다가
휴전 뒤에 영감 죽자 그 자리에 요정 차렸던 여자
능금농사 넓은 사내들 후려
활처럼 휘어지는 여자들 버들허리 후려
오쟁이 지운 옛 사내에게 논 열 마지기 보냈더니
만폭 그늘로 돌아온 총살 소식에 문 닫아걸었다
여기저기 사람 여럿 수소문하더니
어둠 속으로 발꿈치 들고 읍내를 빠져나간 뒤

사라호 태풍 뒤에 절 하나 떠올랐다
숱한 사내 겪었으나 한 사내에게 죄가 깊었던
발등 까맣게 탄 석녀보살,
먹뱅이 대웅보전이 다 보살 주머니에서 나왔다

# 그 사내

영천역전 평강여인숙 보람판 아직은 산뜻하다
거기 지날 때마다 한 사내 생각난다
세상에게 지고 돌아와 능금농사 막 시작한
그해 여름,
흙탕물 마구 튀는 말죽거리 옻닭골목 어느 술집에서 만
났다 그 사내, 쉰넷

사생아였다
몸 추스르자 몰래 떠난 어미는 뻐꾸기였다
골목에 쓰러진 만삭 여자 거두었다가
거대한 짐 떠맡은 늙은이가 조부인 줄 알고 따랐던
그는 식민지 철원평야 통 기억하지 못했다
열두 살,
해방 서울역에서 늙은이 손 놓아버리고
닭울녘에 쓰러져 잠든 곳이 마포 서강나루였다
거기서 잔심부름하다 장골이가 다 되었는데
남진하는 인민군에게 붙들려 보급품 나르다가 체포,
사흘거리로 비행기가 디디티가루 뿌려주는

영천 포로수용소에 갇혀버렸다

　민간인 억류자 서사가 말죽거리 옻닭골목 흙탕길에 뒹굴던
　그 애송이 사내,
　1952년 6월 30일 첫새벽
　평강여인숙에서 아찔하게 만난 여자와 산다고 했다
　어느 능금밭에 품 팔러 갔다가 삼십 년째 능금농사 짓고 있다는
　뻐꾸기 새끼, 리얼리티 그 사내


　* 졸시 「그 애송이」(『영천아리랑』)에 기대어 쓰다.

# 애꾸눈 장혁주 1

다섯 자식과 아내 버리고 도망 가버렸다
일본어 소설 쓰기가 편했다는 얼금뱅이 장혁주
서른하나 초여름, 1936년이었다

구한말 한국군 사단장 첩이면서 부하 장교와 사통하다
쫓겨 홀로 남쪽 도망 길에 낳은 외아들,
여성편력 으리으리했던 곰보작가
경주 저자에는 잔술 파는 홀어미도 있었다

말도 영혼도 완전한 일본 것 되어야만 했다
이 앙다물었다, 마침내 일본 것 되고야 말았다
1952년 10월, 노구치 미노루野口稔

태 묻은 곳은 전쟁터였다
거기에 커다란 소설거리 있었다

귀화 이틀 후,
노구치 미노루 돌연 미군전용기 탔다

유엔군종군기자 자격
애꾸눈 하나, 전방 여기저기 두루 살피고 다녔다

왜놈 발자국이 금수강산 더럽혔다고 격분한
『서울신문』 기사*가 후방 벌통 마구 들쑤셔놓았다

그는 무엇이 두려웠던 것일까
왼쪽 눈 안대하고 라이방까지 덧씌웠다니

* 『서울신문』(1952. 11. 2)은 「민족반역자 장혁주 변장가명으로 불법입국」 기사에서 "위정 당국은 하루 빨리 이자를 체포해 오게 하여 국민의 엄정한 심판을 받게 해야 한다"고 썼다.

# 영천함락 후

총장, 합참이 드디어 '신한국 계획'을 승인했소

영천함락 소식이 임시수도 바닷가 아수라장에 닿기 전,
워커 중장 귀엣말에 정 총장 불알이 팍 오그라들었다

62만 명으로 구성될 망명정부가
곧 남태평양 서사모아제도로 옮겨갈 것이오

그 날짜가 언제쯤이오?

총장, 영천만 무사하다면 이 계획은 폐기될 것이오
포항 안강 다부동 창녕 마산이 암만 위험해도
영천만 되찾으면 한국은 안전할 것이오

정일권 눈빛이 영도影島 서쪽 먼 바다에서 흔들릴 때,
인민군 하나 없는 영천 주남들 융단폭격 어마어마했다

사흘 전 장례한 영보 숙모 그때 관 뚜껑 열고 튀어나왔다

# 칼잠고래

그 여자 화장 지우고 올림머리 풀어 내리자 맹골수로에 숨어 있던 칼잠고래 한 마리 항구로 돌아왔네

자글자글 밥물이 끓는 집에 돌아와 칼잠 자는 고래는 파란만장 슬픔이었네

이파리 없이 홀로 환한 그 여자 화장 지우고 올림머리 풀어 내리자 폐허가 되었네

맹골수로에서 돌아온 칼잠고래 대장경판大藏經板이 천지 간에 내걸렸네

# 전두환 회고록 욕하지 마라

아편처럼 빛나는 문장의 시인이었으나 머릿속이 매음 굴이었던

그 냥반, 후학도 영 잘못 길렀다

늙은 제자들이 만든 스무 권짜리 전집 어느 갈피에서도 찾을 수 없다

일제와 독재자를 찬양한 똥시, 몽땅 사라져버렸다

그 사건 위로 잔돌 몇 개 퐁당, 떨어졌을 뿐

시인을 안드로메다성운으로 띄워 올린 말풍선이 맹랑했다

감히 전두환 회고록 욕하지 마라

제4부

# 두 소령


1


헌병총사령부 밀사 조영집 소령이
영천으로 잠입해
조양여관 객실 몽땅 잡아놓고
영천헌병대 경비대장 김규진 소령을 불러낸
1953년 6월 17일 정오 무렵


소리가 요란한 방울을 세 개나 달고도
연신 삐걱거리는 낡은 대문에 자물통까지 채운 뒤
쥔장 내외는 객실로 내보내고
조양여관 살림채 안방에서 마주 앉은
초면의 두 소령


덥고 습한 세 시간이 지나도록
조 소령은 내내 명령조로 윽박질렀고
볼이 통통 부은 김 소령은 고개만 끄덕이고 말았던
이승만 밀명,

새벽 두 시 거사는 그러나 실패하고 말았다

작전 개시 두 시간 남겨놓은 자정 무렵에
혼자 끙끙대던 김 소령이 잠자는 달츠놀 대령 깨워놓고
반공포로 석방을 눈물로 애원하는
참으로 어처구니없는 일이 벌어지고 만 것이었다

2

불 꺼진 담배를 잘근잘근 씹으며
게슴츠레한 눈으로 김 소령을 바라보던
달츠놀 대령은 문득 가슴이 써늘해지는 예감에 놀라
발딱 일어서더니 허리춤에서 권총을 꺼내 들었다
그와 동시에 등 뒤에 있던 두 흑인 병사가
잽싸게 김 소령 두 팔을 비틀어 포박해버렸다

사이렌이 길게 울려 퍼졌다

자다 말고 달려 나온 장교와 하사관들이
포로 간부들만 끌어내 콘크리트 창고에 감금하고
전차부대 증강 요청이 끝난 뒤에야
권총은 달츠놀 대령 허리께로 옮겨갔다

소령, 본관이 진급도 못한 채 송환당할 뻔했군
지금부터 한국군 철수를 명령한다
당장 떠나라
우린 한국군헌병사령관 명령으로 여길 왔으니
철수 명령 또한 사령관에게 있는 것,
귀관 뜻은 사령부에 전하겠다
소령, 작전권이 우리에게 있다면
명령권 또한 본관에게 있다는 걸 모르나?
대령, 여긴 전선이 아니다
포로수용소에서 군사작전이란 없다
그런가? 그럼 딱 두 시간 주겠다
그때까지 결정하라
사령관이 언제 귀대할지 알 수 없으니

내일 정오까지는 기다려 달라

화물열차 기적소리가 동쪽에서 서쪽으로 길게
야전천막을 흔들며 지나가고 있었다
질겅질겅 씹던 담배에 불붙인 뒤 달츠놀이 턱짓하자
흑인병사 손아귀포박이 풀렸고
저릿한 팔로 거수경례 흉내만 내고 돌아서는
김 소령 등 뒤에서 달츠놀이 소리쳤다
지금부터 모든 경비는 미합중국 군대가 맡는다
한국군 무장을 해제하라

거사 실패 보고에 격노한 대구헌병사령부는
새벽에 밀사를 영천으로 급파했다


3


사령관 명령 집행하러 왔소이다

김규진 소령은 즉결처형이오


새벽 3시 무렵이었다
북쪽 망루로부터 조 소령 전갈을 받은
김 소령이 영천출신 말더듬이 박 중사와 함께
북쪽 망루 철조망 개구멍으로 빠져나와
능금밭 농막에서 민간복으로 갈아입은 뒤
조양여관 안방으로 들어섰을 때,
새코잠방이에 밀짚모자를 깊이 눌러쓴
사내 하나가 불쑥 권총부터 들이민 것이었다
김 소령은 무릎이 꺾이면서 휘청했다가
얼음장이 깔린 듯 차가운 목소리를 알아차렸고
짧게 눈빛이 마주쳤을 때
낯이 익은 그 늙은 눈이 출렁거리면서 환해졌다


사령관은 내게 전권을 위임했소
단, 사흘 안에 이 작전 성공시키지 못하면
그 책임은 죽음으로 대신할 것,

실패하면 심장에 박으시오

단도 두 자루,
방바닥에 하나씩 내리꽂은 후
밀사는 타는 듯한 눈빛으로 쏘아보았다
그 눈빛에 기가 질린 두 소령은
밀사에게 짧게 고개를 숙여 보였다

육군헌병이 헌병총사령부로 예속된 사실은
김 소령도 이미 알고 있을 것이오
대통령이 서명한 반공포로 석방명령서와
헌병총사령관 신인장으로
반공포로수용소 접수명령서 사령관께서 인수했소
일제 순사 출신 밀사 주방율 상사가
담배를 꺼내 한 대씩 권했다

사흘 후 있을지도 모를 즉결처형 명령은
나, 주방율 모가지에도 떨어질 것이니

앉아서 김 소령만 쳐다보겠소?
여차하면, 미군 놈들 다 죽여서라도 받들어야 될
명령, 뼈에 새겨야 할 것이오
허나, 미군들 털끝 하나 건드릴 순 없소
이 작전에서 김 소령 임무는
여기, 탕건바위까지 포로 1171명 데려오는 것이오

일어서서 잡은 손 힘차게 흔들며
밀사가 입술을 묘하게 비틀며
낮은 소리로 속삭였다

김 소령, 죽이기만 했던 우리 헌병대가
살리는 일은 또 처음입니다


4


총사령부 밀사가 대구사령부 밀사를 배웅하러 나간 뒤

두 손을 사타구니 깊숙이 찔러 넣은 채
김 소령은 밀사가 남기고 간 말만 되씹고 있었다
죽이기만 했지 살리는 일은 처음이라······
그렇게 중얼거리다 말고 김 소령 이마가 구겨지면서
두 해 전에 아찔하게 맞닥뜨렸던
수많은 눈빛들이 떠올라 부르르 몸을 떨었다

전선이 밀물처럼 남하하던 9월 초였던가
김규진 대위는 임지에 도착한 바로 그날 밤
느닷없는 작전에 투입되었다
인계서 한 장 없이 경찰서에서 넘겨받은
민간인 수십 명을 쓰리쿼터에 마구 몰아넣더니
비 내리는 어느 골짜기 입구에 닿자
병사들이 그들을 골짜기로 몰아넣을 때였다
신발도 없이 굵은 새끼줄에 감긴 채 비틀거리는
모습들을 하나하나 뜯어보다가
김 대위는 그만 싸늘해지고 말았다

끌려온 사람은 하나같이 여자들뿐이었고
드문드문 아이들이 섞여 있었는데
병사들은 머리고 얼굴이고 가리지 않고
개머리판으로 마구 내리치며
무릎 높이로 길게 파놓은 구덩이로 몰아넣더니
거침없이 총질해버린 뒤
담배를 꺼내 한 대씩 피우는 것이었다
그 사이 주방율 중사가 담배를 문 채로 성큼성큼 걸어가
아직 숨이 멎지 않은 사람들 가슴과 등짝에다
확인사살을 하는 몸짓이 너무나 익숙해 보였다
마지막으로 총알이 박힌 아이 콧등에서
튀어 오르던 핏물은 오래 잠자리를 적시곤 했다

전선이 밀물처럼 거침없이 밀려오는데
그때까지 남겨둘 남자새끼들이 어디 있겠어요
벌써 다 골로 보내버렸지요
돌아오는 길에 주방율 중사에게 물었더니
길게 하품을 토해내며 그는 심드렁하게 말했다

딱 한 번이었던 그 기억이 예리하게 이마를 긋고 가자
김 소령은 세차게 머리를 흔들었지만
오늘 밤, 죽음에 대한 예감만은 떨쳐버릴 수 없었다
그날 밤 죽임 또한 대통령 밀명이었던 것일까


5


두 소령은 가슴에 단도 하나씩 품은 채
거사를 오늘밤으로 결의했다
밀가루포대 찢어 수용소 약도 커다랗게 그려놓고
어제 세운 작전계획 보강해가면서
반공포로 탈출 연습 수없이 반복해본 뒤,
하사관들로 특공대 서른 명을 조직하되
전투경험 많은 포로 간부 중에서도 찾아보라며
박 중사만 먼저 부대로 돌려보냈다

허름한 복장에 낡은 보릿짚 모자 깊이 눌러쓴
두 소령은 밖으로 나가
펜치 열 개,
매운 고춧가루 두 말 남짓 구해놓은 뒤
남전南電 영천출장소로 향하는데
등 뒤에서 멀어져가는 화물열차 소리가 들려왔다
조 소령이 갑자기 걸음을 멈추더니
열차가 사라진 선로를 오래 바라보다가
혼잣소리로 무어라고 중얼거리는 것이었다

마침 그때, 강 건너 남쪽에는 막 도착한
전차 수십 대가 수용소 안으로 들어서고 있었고
그쪽으로부터 소낙비 한 줄기가
기총소사 하듯 목덜미를 그으며 지나갔다

점심시간이 조금 못 미친 시각이었다
남전에서 볼일을 마치고 돌아오니
미군들 경비는 생각보다 느슨해 보였는데

달츠놀이 찾는다고 전갈이 왔다

소령, 어젯밤은 미안했네
그리고 고마워, 너무 고마웠어
오늘밤에 우리 한잔 하자구
그렇게 지껄이며 김 소령을 꽉 껴안았고
밥 먹는 내내 싱글벙글하는 것이었다

그 시각,
계급장과 이름표도 선명한 군복차림 주방율 상사가
영천경찰서 경찰들과 반공청년단 앞에 서 있었고
서장과 나란히 앉은 대구사령부 김문호 중령 등 뒤로
조 소령 밀짚모자가 쓰윽 들어와 앉았다


6


조 소령이 주문해서 만든 한 뼘 가웃

고춧가루가 담긴 자루를 특공대에게 건네며
김 소령은 일일이 같은 말만 반복했다
미군에겐 고춧가루만 퍼부어라
아예 겉절이를 만들어버려
알았어?
잊지 마라, 우린 미군에게 총 쏘지 않는다
어떤 순간에도 조준하지 마라


하사 하나에 반공포로 간부 하나씩 붙여
망루마다 매복시킨 뒤
실탄을 장전한 채 바깥 동정을 살피고 있던
아홉 시 반이 조금 못 미친 때였다


빈 화물열차가 기적소리 길게 끌며 지나가는 순간
남전 직원 약속보다 빨리 정전이 되자
박 중사 휘파람이 휘익, 밤공기를 갈랐다
전투 경험이 많은 포로 간부들과
포로복장에다 복면한 특공대가 쏟아져 나와

미군 막사를 빙 에워쌌고
펜치 들고 북쪽망루 밑에서 기다리던
대원들이 더 넓게 더 높이 철조망을 잘라낼 때

가다말고 되돌아오듯 기적소리 마구 퍼지르며
열차가 달려오는 그 사이였다
곳곳에 숨어 있던 특공대가 잽싸게 정문을 장악하고
망루보초와 외곽 순찰병까지 포박해버렸다

북쪽 능금밭 뚫고 나가면 강이 나온다
앞만 보고 달려라 멀리 더 빨리 달려 나가라
미군에게 잡히면 총살이다
포로복장으로 변장해 포로막사에 잠입해 있던
특공대가 수없이 그 말을 반복한 뒤
한 명이 포로 오십 명씩 이끌고 북쪽 망루로 향할 때,
정전에 놀란 미군들이 튀어나오더니
전차 위로 올라가 수용소 마당을 밝혀버렸다

따, 따, 땅끄 불, 갈겨버려!
말더듬이 박 중사가 외치는 소리보다 먼저
요란한 총소리가 전차 헤드라이트를 깨트려버리자
반공포로 간부들이 먼저 잽싸게 움직였다
전차 헤치를 열자 튀어 오르는
미군 얼굴마다 고춧가루부터 퍼부었다

눈과 코와 입에까지 고춧가루로 범벅이 된
미군들이 괴성을 내지르며 전차 속에 갇혀 뒹굴 때,
기적소리 요란하게 화물열차가 지나가고 있었다
영천헌병대는 일렬횡대 뒷걸음으로
미군 막사 앞마당에다 드문드문 총만 쏘았고
포로 꼬리가 능금밭 속으로 완전히 사라질 때까지
미군들은 응사 한 번 없이 잠잠하기만 했다

김 소령이 마지막으로 강을 건너가자
탕건바위 근처에 숨어 있던 사복차림들이 몰려나와
저마다 포로 한 무리씩 읍내로 데리고 가

열린 대문마다 한두 명씩 밀어 넣을 때,
그보다 더 많은 포로들은 부챗살 모양으로 흩어져
멀리 더 멀리 하염없이 앞으로 달려가고 있었다

그 시각,
영천헌병대는 어디에서도 보이지 않았다
바람처럼 사라져 흔적이 없었고
금강계곡 터널에서 튀어나온 세 칸짜리 꼬마열차가
최고속도로 영천역을 막 벗어나고 있었다


7


제14포로수용소장이 사령부로 보고서 올렸다
포로 904명 탈출
탈출 불응자 150명
사살 1명
116명은 체포해서 재수용,

코리언 가스야말로 그 위력이 대단했다

달츠놀은 고춧가루를 '코리언 가스'로 명명했던 것이다


8

그날 밤,
첫 총소리가 들린 후
달츠놀 대령은 부관에게 말했다

이건 명백한 정치영역이다

한국군과 싸우지 마라
군인은 정치에 관여하지 않는다

# 삶을 모시고 살아가는 사람

유용주 (시인, 소설가)

그 많았던 여자 친구들은 돈 떨어지듯, 신발 떨어지듯, 빤스 고무줄 떨어지듯 떨어져 나가고 겨우 두 사람만 남았다. 두 사람도 언제 떨어질지 모르게 간당간당하다. 마지막 남은 두 여자는 아내와 아이다. 다른 이유도 많지만, 곱게 인생을 마무리 지으려고 시골에 들어왔다. 와서 보니 고향이지만 시골살이도 만만치 않다.

어려서 고향을 떠나 정서가 다르고, 나랑 같이 생활했던 분들이 대부분 세상을 떠났기 때문이다. 그래도 몇 분은 남아 있어 마을회관이 떠들썩하다. 남동떡, 계남떡, 웃다리골떡, 모두가 내 여자 친구이자 어머니 후배들이다. 평

균 연령 82세. 남자들은 훨씬 윗길이다. 바로 아랫집 상곤 형님이 83세, 상철이 양반은 올해 구순에 접어들지만 꼿꼿하다. 내 머리털을 보고 노인회 가입하란다. 혼자 먹기 심란하니 회관서 점심 해결하잔다. 몇 번 먹었다.

지난주에는 남동 양반이 큰 소리로 전화했다. 김장을 했는데 나이가 많아 문에 걸어두기는 뭐하고 직접 갖다 먹으란다. 홀앗이살림이라 얼마 안 먹고, 김장은 처가에서 해오니 걱정 말라고 해도 못 알아듣는다. 나이 많이 먹은 노인네가 담가 짜서 그러냐며, 딸과 며느리가 담가 심심하다며 섭섭해 한다. 일방적으로 전화를 끊는 노인을 보면서, 이번 장날에는 과자를 사야겠다고 마음먹었다.

젊은 사람이 얼마 없다. 우리 동네 어르신들은 눈이 오면 꼼짝 안 한다. 길이 미끄럽고 깔그막이기 때문이다. 이런 경사진 곳에 어떻게 마을이 들어섰나 모르겠다.

선거일이 오면 마을에 봉고차가 온다. 내 여자 친구들도 어르신들도 무조건 1번을 찍는다. 박정희를 숭배하고 그 딸이 하는 일이라면 묻지도 따지지도 않는다. 가난에서 해방시켜준 대통령, 우리를 이렇게나마 살 수 있도록 해준 대통령을 생각하면 눈물밖에 나오지 않는단다. 지금도 감옥에 들어간 대통령 딸을 생각하면 불쌍해서 죽겠단다. 아무리 알기 쉽게 설명해도 요지부동이다. 작년만 해도 회관 냉난방비, 점심 먹을 것, 총무 월급까지 대통령이 준 걸로

알고 있다. 우리 세금이라고 아무리 얘기해도 곧이듣지 않는다. 내 여자 친구들 중, 아직까지 한글도 모르는 분도 있으시다.

그들에게는 박정희가 신 같은 존재다. 만주군관학교를 나오고, 일본 이름을 두 개나 가지고 있으며, 독립군 토벌에 앞장선, 일왕에게 충성맹세를 한, 한때는 남로당원으로 사형을 언도 받은, 동료를 밀고한 덕분으로 가까스로 사형을 면한, 쿠데타로 정권을 잡은 뒤, 무수한 사람을 감옥에 가두고 죽인 사람. 그가 이루었다는 경제성장 그림자엔 전태일 같은 수많은 노동자의 피와 땀이 새겨져 있다는 사실을 얘기해도 믿지 않는다.

지역 색깔도 마찬가지다. 박정희 이전에는 없었다. 그렇게까지 지독하지 않았다. 전라도 사람들은 무조건 나쁜 놈들이어서 깔보고 백안시했던 것은 모두 박정희 시대가 만들어낸 조작인데 사실로 믿는 것이다.

우리 역사는 친일파를 처단하지 못했다. 친일을 했던 부류들이 반공으로 옷을 갈아입고 미군을 배경으로 지금까지 득세를 한다. 곳곳에 일본 세력들이 살아 난리블루스다. 아우슈비츠를 잊지 않고 있는 독일을 봐라. 그런데 그 피해자인 유대인들이 팔레스타인 사람들을 학대한다. 이걸 무엇으로 설명해야 하나. 미국을 등에 업은 이스라엘을 보아라. 적반하장이 따로 없다.

여기에서는 역사적인 사실만 얘기하자. 동베를린, 민청학련, 인혁당, 틈만 나면 조작해내는 일본유학생간첩사건, 부마항쟁, 광주민주화운동, 고기 잡다 북한에 들어간 사람을 간첩이라고 몰아 얼마나 많이 죽였는가. 툭하면 종북이니 빨갱이라고 했다. 통일은 대박이라더니, 개성공단 문닫아 걸어 잠근 게 누구냐. TK는 어떤 일이 벌어져도 그들을 찍어준다. 그 찍어준 선물이 밀양 송전탑과 사드 배치였다. 천이백만 노동형제라고 한다. 노동자만 투표해도 살맛 나는 세상이 온다. 그런데 한 번이라도 그런 적 있느냐. 일단, 선거에 돌입하면, 학연, 지연, 혈연부터 찾는다. "우리가 남이가"를 외친다. 왜 고향이 다르고, 출신 학교가 다르고, 생긴 것도 다르고, 성별도 다르고, 삶을 바라보는 철학도 다른데, 투표는 똑같이 하는가 말이다. 솥단지 따로 걸면 형제도 딴 살림 차리는데, 하물며 남인데, 이건 너무한다.

이번 포항 지진 일어났을 때, 걱정을 했다. 내가 살고 있는 산골까지 느낌이 왔다. 평소 전화를 잘 안 하는 성격인 나도, 그냥 있을 수 없었다. 딱 두 사람한테 전화했다. 요행히 피해가 없었다. 그중 한 사람이 이중기다.

알다시피, 이중기는 경북 영천에서 복숭아 농사를 짓는 시인이다. 여기 전북 장수 사과농사와 비슷하다. 다른 것은 날씨인데, 장수는 추운 곳이고 영천은 더운 지방이다. 꽃눈 따는 일, 꽃잎 따는 일, 열매 솎아내는 일이 똑같다. 장수에서는 놉이 없어 남원에서 관광버스를 대절한다. 내가 아는 어떤 할매는 국수집을 접고 사과농장으로 출근을 한다. 일당벌이가 식당을 경영하는 것보다 낫다는 결론이 난 거다. 오죽하면 사과 브로커도 있다. 똑똑한 어떤 교수에 의하면 장수는, 공기를 형성하는 대기가 다르다나. 어쨌든 전지가 끝나고 농사철이 시작되면 정신이 없는데, 덩달아 바쁜 곳이 김밥집과 빵집이다. 참을 준비해야 하기 때문이다. 아무도 새참과 점심을 집에서 준비 안 한다. 거름공장과 농약회사에서 작목반을 위해 중국여행 정도는 우습게 보내준다. 현금 수억 원이 농담으로 왔다 갔다 한다. 점심 때, 식당을 가면 신발 놓을 자리가 없는데, 대부분의 농장 주인은 일꾼들과 함께 먹는다. 이중기는 여자들뿐인 일꾼들과 같이 못 먹는다. 따로 먹는다.

"부끄러버서 내는 여자들캉 같이 밥 못 묵어요."

구룡포에 사는 권선희 시인 전언이다.

하루는 시인 집에 불이 났다. 불난 집은 불처럼 일어선다는 말이 있다. 불은 창고에서 시작되었다. 다행히 사람은 안 다쳤는데 피해가 컸다. 1930년대 작가 백신애에 관한 오래된 자료와 책으로 엮으려던 시월항쟁 원고가 불에 타서 없어졌다. 시집으로 나온 게 그나마 천운이랄까,

남도 아쉬워 죽겠는데 정작 본인은 무뚝뚝하게 한마디 했단다.

"뭐, 어때요. 어떻게 할 수가 없잖아요."

가끔 비가 와서 공치는 날이나 복숭아 농사를 끝내고 한가하면 포항 바닷가에서 소주를 서너 병 마시고(영천에서 포항은 엎어지면 코 닿을 곳에 있다) 후딱 일어서는데, 권선희 시인한테 천 원만 가지고 나오란다. 열적어서 하는 말이다. 계산은 물론 자기가 하고, 세월이 많이 흘렀건만 권 시인은 아직까지 그 천 원을 못 쓰고 있다.

이중기는 내륙 사람이다. 바닷가에 사는 후배가 어쩌다 들르면 빈손으로 가기 뭣해 멍게를 사 간다. 이중기가 고향 친구들에게 부탁한다.

"야, 니 멍게 딸 줄 아나?"

그걸 잘 아는 후배가 멍게 손질법을 알려주고 갔다. 걱정되어서 전화를 하면,

"문디, 암만 해도 안 되는 거라. 그래 마 쌔리 짤라 묵었지, 뭐."

일식집 칼판까지 올랐던 나한테는 아무것도 아닌 일이다. 문제는 손가락에 선명하게 남아 있는 흉터다. 하긴, 시인은 상처로 시를 쓰지만.

대구경북작가회의에서 처음으로 작가정신문학상을 제정했다. 첫 수상자가 상복 없는 이중기였다. 상금은 이백

만 원이었다.

"살림살이도 그지 같은데 뭔 상금을 준다 그카노."

그래도 상인데 한잔 사라는 이종암 시인 청을 못 이기는
체 받아들여 순대 잘하는 집에 들어갔다. 한 잔 두 잔, 한
병 두 병, 꾀꼬닥 취했다. 결국 시상식에는 지각을 했고, 수
상소감은 음주로 했다. 상금 이백은 아무개 단체에 백, 나
머지는 수년간 백신애 문학제에 진 빚을 갚았다는 후문이
다. 뭐, 비싼 순대와 술값과 맨손은 이중기 몫이었다. 상이
란 원래 그런 것이다.

앞서 얘기했지만, 이중기는 수줍음 많고 말이 없는 작은
시인이다. 하루 종일 말이 없다. 겨우 한다는 말이,

"밥 묵으로 갑시다."

"한잔 할라능교."

그게 전부다. 부드러움이 시를 낳는다.

그러나 사람 잘못된 것 앞에서는 물러서지 않는다. 바다
를 바라보면서 술 마시고 있을 때였다. 어떤 사람이 큰 차
를 떡하니 길 한복판에 세우고 술을 마시고 있었다. 물론
다른 횟집에서 항의를 해도 끄떡 안 했다. 나도 그런 적이
있다. 서산 동문동 살 때, 우리는 전세를 살았는데 동네가
재개발 붐이 일었다. 서산 양아치들이 돈 냄새를 맡고 꼬
여들었다. 그들은 컨테이너에 살다시피 했는데, 우두머리
가 외제차를 가운데 턱 대놓고 우리가 먹는 물로 세차를

117

하고 있는 것 아닌가. 퇴근하는 아내보고 운전 못한다고 통소리를 내뱉은 모양이었다. 피가 거꾸로 섰다. 적반하장이 따로 없구나. 처음에는 점잖게 말했다. 그는 젊은 놈이었고, 나보다 얼굴 하나가 컸다. 구역을 나누는 철근을 빼내들었다. 추리닝으로 갈아입고 운동화 끈을 조였다. 싸움을 못하는 나는, 저 녀석이 진짜 때리면 어떡하지, 아내 앞에서 망신당하면 어떡하지, 가슴이 콩당콩당 했는데, 다행히 그자가 꼬리를 내려 싱겁게 끝난 일이 있었다. 이중기도 다른 집에서 술 마시다가 하도 소란스러워 나왔던 모양이다. 어디가나 그런 몹쓸 놈이 있다. 덩치 큰 놈에게 잘못을 꾸짖는 시인의 얼굴이 선명하다. 불법주차 문제는 경찰이 오고 일단락되었다.

영천 시월항쟁 얘기를 했다고 빨갱이 종북 시인은 아니다. 등에 칼침을 맞는다든지, 밤길 조심하라는 훈수는 조폭이나 하는 말이다. 이중기도 로맨티스트다. 강정마을 해군기지반대 1번 국도를 걸을 때 얘기다. 나는 세종에서 여산까지 걸었다. 함께 걸었던 대구경북작가회의 동료들이 정읍에 와 있단다. 거기서 술 취한 이중기를 봤다. 눈이 풀풀 내리는 겨울이었다. 이중기는 4박 5일을 걷느라 무릎이 부었다. 소처럼 걸었나 보다. 나는 소처럼 먹는다. 무릎이 부어올라 더 이상 못 걷고 영천으로 향하는데, 채석강

가는 표지판을 운전기사가 봤던 모양이다. 여기서 운전기사는 후배였고 시인이었다. 뒷좌석에는 여자 시인이 앉아 있었다. 4박 5일 동안, 여인네들에게 어지간히 치일 만도 한데, 그새 발전했나.

"아, 쩌리로 새고 싶다."

"갑시다."

그 뒤로는 생략한다. 그 많은 술병과 조개탕과 붉은 노을과 이중기 시인이 넋 놓고 봤던 서해를 얘기하고 싶지 않다. 가끔 와라. 우렁 각시가 있나. 농사일도 바쁜데 시집을 자주 낸다. 그 술에, 작품을 언제 쓰나.

한 시인은 고향을 책임진다는 말이 있다. 이중기가 그런 사람이다. 능금 농사 작파하고 복숭아 농사를 짓는 사람, 백신애를 좋아하고 문학제를 치러내는 사람, 불타는 집에서 어떻게 원고를 빼왔는지, 시집 『시월』과 『영천아리랑』에 이어 『어처구니는 나무로 만든다』를 내놓은 시인, 무엇보다 애증이 서린 영천을 사랑하는 시인 이중기. 이중기는 영천을 애증으로 바라보고 술 마신다. 나는 지식이 얕아 대구 시월항쟁이나, 영천 시월항쟁을 잘 모른다. 다만 이중기 시집으로 조금 안다. 그것도 큰 수확이다. 몸으로 때우느라 고은의 『만인보』를 읽지 못한 내게 이중기는 쉽게 다가왔다.

이 모두가 여든에 아들이 살고 있는 호주 시드니로 살러 간다는 현종인 할아버지한테 이중기가 들은 말이다. 소주 한 잔을 아홉 번 나눠 마시는 할아버지를 앞에 두고 얼마나 갑갑하고 시원했을까. 복숭아 농사를 지으면서 어떻게 이렇게 긴 시간에 걸쳐 채록했을까. 이런 일은 조선 기왓장 낭만이나 뜯고 있는 향토사연구회가 발 벗고 나서야 하지 않겠는가. 피와 땀으로 이룩한 영천 사람들을 이중기는 하나하나 호명했다.

경상북도는 양반의 고장이다. 우리나라에서 서원이 제일 많다. 양반, 양반이라고 말하는데, 양반은 노비의 피와 땀을 먹고 살아왔다. 그때 친일을 했던 양반들이, 대통령과 사이비 교주의 딸들이 나라를 말아먹었다. 세월호는 왜 침몰했는가, 아프게 묻고 싶다.

시인은 불의와 싸운다. 잘 갖춘, 논리 정연한 세속과 싸운다. 아무 일 없이 지나가는 일상과 싸운다. 권위와 싸운다. 찌든 타성을 누구보다 못 참아 한다. 타협하지 않는다. 그것보다는 술로 죽은 친구, 노가다 하는 친구, 농사짓는 친구가 좋다. 한때 알코올 중독인 친구가 좋다. 이 한복판에 이중기가 있다.

이중기 시인은 영천 시월항쟁에 대해 지금까지 발언해 왔다. 옛날을 얘기하는 것처럼 보이지만 현실을 얘기하고 있는 것이다. 우리, 일그러진 자화상이다. 시를 읽어 보면,

TK가 왜 이렇게 변했나, 알다가도 모르겠다. 세월이 흐르면 바뀌려나. 사람은 잘 변하지 않는다는데. 대구 시월항쟁도 지대한 영향을 끼쳤을 게다. 이중기는 잘 알려지지 않은 한국전쟁 이야기, 포로 이야기, 보도연맹 이야기, 빨치산 이야기, 우리가 모르는 역사 이야기, 대의에 따라 세상을 버린 사람들 이야기를 들려주고 있다. 숨이 붙어있는 한, 앞으로도 그렇게 살 것이다.

　나는 시월항쟁에 대해서 잘 모른다. 부끄럽다. 그가 말한 삶이 부끄러운 것처럼. 그저 이중기 시인이 좋을 뿐이다. 학력은 물론(시인은 학력이 필요 없다), 어떻게 살아왔는지 잘 모르지만, 나처럼 성격이 더럽지 않고 농사꾼처럼 살아왔기 때문이다. 표 안 내고 삶을 모시고 살아왔기 때문이다. 이중기의 시를 읽고 떠오른 알베르 카뮈의 말이 있다. "어제의 범죄를 벌하지 않는 것은 내일의 범죄에 용기를 주는 것과 똑같은 일이다."

　해방 이후 현대사는 어처구니없는 것들투성이였고, 오래 한 집단이 어처구니만 빼내버린 맷돌 위에서 펼친 요망한 짓거리는 처처에 널려 있습니다. 마천루처럼 높이 쌓인 그 증거들을 눈여겨보는 동안 가슴은 수은주 이하 물처럼 차분하지 못하고 오래 들끓었습니다. '시월'은 그 어떤 영웅이나 호걸도 리얼리티도 없는, 오로지 잔악한 '살육'만을 거듭했던 대하다큐멘터리였습니다. 콩 꿔먹고 버린 콩깍지 같은 주검들이 나뒹굴었던 산천 수없이 되밟았으나, 능청스런 입담으로 풍자 한 자락 제대로 엮어내지 못한 이유도 아마 거기에 있을 것입니다.

　세월호 슬픔이 천지에 가득했던 2014년 11월에는 서북청년단을 재건한다고 난리법석을 피운 적이 있었습니다. 철원에서 월남했다는 한 노인이 명예총재 수락연설을 하면서 서청은 공산당이 아니면 결코 완력은 쓰지 않았다고 '학살' 대신 '완력'으로 바꿔 말하는 걸 인터넷 동영상으로 본 적이 있습니다. 생의 마지막 얼굴이라 할 수 있는 아흔

다섯 노인에게서 인간의 모습은 끝내 읽어낼 수 없었습니다. 그래, 그들이 공산당만 학살한 건 분명한 사실이었지요. 세 살짜리 아이까지 죽여 놓고 빨갱이 낙인만 찍으면 면죄부가 부여되던 그들은 짐승의 말로 시대를 겁박했던 좀비들이었으니까요.

분노하지 않으려고 했으나 흙탕물은 채 가라앉지 않았고 콧김도 여전합니다. 앞서거니 뒤서거니 『시월』과 같은 무렵에 썼으나 거기에 포함시키지 못한 것들입니다. 참 오래 머물렀던 여기서 발걸음 되돌려 또 가야 할 곳이 있습니다.

자주 한 노인을 생각합니다. '시월'에 관한 한 큰 스승이었던 분, 주민등록증 한 번 보여준 적 없었던 현종인 옹은 두 해가 지나도록 연락두절입니다. 그 처소가 시드니인지 명부冥府인지 가늠이 되지 않아 안타깝습니다.

먼저 간 동무, 평론가 김양헌이 남긴 글을 정리하다가 그 원고더미 속에서 만난 '어처구니는 나무로 만든다'를 슬쩍해서 거푸집 명패로 삼았음을 밝혀둡니다. 이 어두운 이야기를 마지막으로 정리할 수 있게 해준 한티재에 고맙다는 말을 전합니다.

2018년 1월
영천강 北川가에서 이중기

이중기 시집

# 어처구니는 나무로 만든다

초판 1쇄 발행 2018년 1월 29일

지은이 이중기
펴낸이 오은지
책임편집 변홍철
펴낸곳 도서출판 한티재  등록 2010년 4월 12일 제2010-000010호
주소 42087 대구시 수성구 달구벌대로 492길 15
전화 053-743-8368  팩스 053-743-8367
전자우편 hantibooks@gmail.com  블로그 www.hantibooks.com

ⓒ 이중기 2018
ISBN 978-89-97090-80-8  03810

이 도서의 국립중앙도서관 출판예정도서목록(CIP)은 서지정보유통지원시스템 홈페이
지(http://seoji.nl.go.kr)와 국가자료공동목록시스템(http://www.nl.go.kr/kolisnet)
에서 이용하실 수 있습니다. (CIP제어번호: CIP2018001470)